AF460761

24 mai 1889

VENTE DU VENDREDI 24 Mai 1889

HOTEL DROUOT, SALLE N° 8

CHASSES ET COURSES

(Collection d'Estampes)

EXPOSITION PUBLIQUE

Le Jeudi 23 Mai 1889, de 2 heures à 5 heures

Me PAUL CHEVALLIER	M. JULES BOUILLON
COMMISSAIRE-PRISEUR	Md d'Estampes de la Bibliothèque nationale
10, rue de la Grange-Batelière, 10.	3, rue des Saints-Pères, 3.

PARIS

CATALOGUE

D'UNE TRÈS BELLE

COLLECTION D'ESTAMPES

RELATIVES AU SPORT

CHASSES & COURSES

DONT LA VENTE AUX ENCHÈRES PUBLIQUES AURA LIEU

HOTEL DROUOT, SALLE N° 8

Le Vendredi 24 Mai 1889

à 2 heures précises

Me PAUL CHEVALLIER
COMMISSAIRE-PRISEUR
10, rue de la Grange-Batelière, 10

M. JULES BOUILLON
Md d'Estampes de la Bibliothèque nationale
3, rue des Saints-Pères, 3

EXPOSITION PUBLIQUE

Le Jeudi 23 Mai 1889, de deux heures à cinq heures.

CONDITIONS DE LA VENTE

Elle sera faite au comptant.

Les Acquéreurs paieront, en sus des adjudications, CINQ CENTIMES PAR FRANC applicables aux frais.

Paris. — Imp. de l'Art E. MÉNARD et Cie, 41, rue de la Victoire.

DÉSIGNATION

ALKEN

(H.)

1 — Hunting recollections. Suite de six pièces en couleur.

Très belles épreuves.

2 — Going to cover. — Flying a difficulty. — Going down a difficulty. — Going over a difficulty. — Going through a difficulty. — Hoping a difficulty. Suite de six pièces en couleur.

Très belles épreuves.

ALKEN

(D'après H.)

3 — Meeting at cover. — Breaking cover. — Full cry. — The Death. Suite de quatre pièces gravées par Sutherland, en couleur.

Très belles épreuves.

ALKEN

(D'après H.)

4 — *The First steeple-chace on Record.* Ipswich, the Watering-place behind the barracks. — The Large field near Biles's corner. — The Last field near Nacton heath. — Nacton church and village. Suite de quatre pièces gravées par J. Harris.

Très belles épreuves en couleur.

5 — A Steeple chase. Suite de six pièces en couleur, gravées par Bentley.

Très belles épreuves.

6 — Cetting away. — Drawing the cover. — The Full cry. — The Death. Suite de quatre pièces gravées par R. G. Reeve.

Très belles épreuves en couleur.

7 — Ipswich, Weighing. — Epsom, Running. — Newmarket, Training. — Ascot Heath, Preparing to start. Suite de quatre pièces gravées par Sutherland, en couleur.

Très belles épreuves, montées en dessin.

ALKEN

(D'après H.)

8 — Wood-cock shooting. — Pheasant shooting. — Partridge shooting. — Grouse shooting. Suite de quatre pièces gravées par Pollard. 95

Très belles épreuves en couleur.

9 — *The Quorn Hunt.* The Meet. — Drawing cover. — Talli-ho! and alway. — The Pace begins to tell! — Snob is beat! — Full-cry second horses. — The Whissendine appears in view. — The Death. Suite de huit pièces en couleur gravées par F. C. Lewis et publiées par Ackerman, en 1835. 300

Très belles épreuves.

10 — La même suite de huit pièces. 200

Superbes épreuves de premier tirage avec les premiers titres, qui ont été changés dans les épreuves qui précèdent.

ALKEN

(D'après S.)

11 — Hare hunting. — Stag hunting. — Coursing, — Fox hunting. Suite de quatre pièces en couleur, gravées par Maile et Sutherland.

Très belles épreuves.

ANSON

(A. MARTIN)

12 — The Northern Jockies. — Jockies of the South of England. Deux pièces faisant pendants, représentant, en bustes, tous les portraits des jockeys anglais. Elles sont dédiées aux Lords and Gentlemen of the Jockey-Club. En couleur.

Très belles épreuves. Rares.

BOILLY

(D'après L.)

13 — Marche Incroyable, par Bonnefoy.

Très belle épreuve.

BOREL

(D'après A.)

14 — La Bascule. — Le Charlatan. Deux pièces faisant pendants, gravées en couleur par L'Éveillé.

Très belles épreuves.

BOSIO

(D.)

15 — Promenade de Longchamp. An X. 1802, en couleur.

Très belle épreuve.

BUNBURY

(D'après H.)

16 — Richmond Hill, gravé par W. Dickinson, 1782, en couleur.

Très belle épreuve.

17 — A Riding-House, 1780, gravé par Bretherton, en couleur.

Très belle épreuve.

CRUIKSHANK

(J. R.)

18 — Sparring, 1817, en couleur.

Très belle épreuve.

DEBUCOURT

(P. L.)

19 — Promenade de la galerie du Palais-Royal, 1787, en couleur.

Très belle épreuve.

20 — Calèche se rendant au rendez-vous de chasse, d'après C. Vernet, en couleur.

Très belle épreuve avant la lettre.

21 — Préparatifs d'une poule entre cinq chevaux de course, d'après C. Vernet.

Très belle épreuve avant la lettre.

22 — La même estampe, en couleur.

Très belle épreuve.

23 — La même estampe, en couleur.

Très belle épreuve, montée en dessin.

DEBUCOURT

(P. L,)

24 — Une Course au champ de Mars. — L'Arrivée. Deux pièces faisant pendants, d'après C. Vernet.

Très belles épreuves en couleur.

25 — L'Arrivée, d'après C. Vernet.

Superbe épreuve avant toute lettre.

26 — La Course. — Fin de la course. Deux pièces faisant pendants, d'après C. Vernet, en couleur.

Très belles épreuves.

27 — La Calèche, d'après C. Vernet.

Très belle épreuve.

28 — Le Départ du chasseur. — Le Chasseur. — Le Chasseur au tirer. — Le Retour du chasseur. Suite de quatre pièces, d'après C. Vernet.

Très belles épreuves.

29 — Sous bois, le Passage du ruisseau, d'après C. Vernet.

Superbe épreuve avant la lettre.

*

DEBUCOURT

(P. L.)

30 — Grand'garde de lanciers polonais. — Lanciers polonais en cantonnement. Deux pièces faisant pendants, d'après H. Vernet.

Très belles épreuves en couleur.

31 — Exercice de Franconi, nos 1 et 2. Deux pièces d'après C. Vernet, en couleur.

Très belles épreuves.

32 — La Danse des chiens en désordre, d'après C. Vernet, en couleur.

Très belle épreuve.

DOWNMAN

(D'après le Lieut.)

33 — The Go! — Genuine bang up! — A Curricle. — A Tandem. Suite de quatre pièces gravées en couleur par John Clark.

Très belles épreuves.

34 — A Tandem, gravé par John Clark, en couleur.

Très belle épreuve.

EARLOM

(R.)

35 — Colonel Mordaunt's Cock Martch. At Sucknow, in the Province of Sude, in the year 1786, at which were present several High and distinguised personages, d'après Zoffany, en couleur.

Très belle épreuve. Rare.

ECKSTEIN

(J.)

36 — The Dromedary, en couleur.

Très belle épreuve.

FRAGONARD

(D'après H.)

37 — La Bascule, gravé au bistre par Charpentier.

Belle épreuve.

GILLRAY

(J.)

38 — Lady Godina's Rout, — or — Peeping-tom spying out Pope-Joan. Vide fashionable. Modesty, 1796, en couleur.

Belle épreuve.

39 — Sans-culottes feeding Europe with the bread of Liberty, 1793, en couleur.

Très belle épreuve.

40 — So! So! the race was, for a husband, en couleur.

Très belle épreuve.

HARRY-HALL

(D'après)

41 — *Meteor*. Winner of the two thousand guinea stakes at Newmarket, 1842, gravé par G. Hunt, en couleur.

Très belle épreuve.

42 — Ellington. Winner of the Derby Stakes at Epsom 1856, the Property of Admiral Harcourt. Gravé par Harris et Quentery.

Très belle épreuve en couleur.

HAYES

(D'après M. A.)

43 — *Car-Travelling in the South of ireland in the year 1856. — Bianconis establishment.* Getting ready. Hearn's hotel, Clonmel. — Arriving at the end of a stage. — On the road at full pace. — Taking up a passenger. — The arrival at Waterford. Commin's hotel. — Dropping a passenger. Suite de six pièces, gravées par J. Harris, en couleur.

Très belles épreuves.

HERRING

(D'après J. F.)

44 — Charles XIIth and Euclid. The decisive heat for the great St Leger stakes at Doncaster, 1830. Gravé par Hunt, en couleur.

Très belle épreuve.

45 — *Industry*. Winner of the oaks stakes at Epsom, 1838. Gravé par G. Hunt, en couleur.

Très belle épreuve.

HERRING

(D'après J. F.)

46 — *Matilda*. The Winner of the Great St Leger Stakes at Doncaster, 1827. Gravé par Reeve, en couleur.

Très belle épreuve.

47 — Filho da Puta. — Ebor. The Winners of the Great St Leger at Doncaster, 1815 et 1817. Deux pièces faisant pendants, gravées par Sutherland.

Très belles épreuves en couleur.

HODGES

(D'après W. P.)

48 — Finding (in a bog). The Return home. Deux pièces faisant pendants, gravées par H. Alken, en couleur.

Très belles épreuves.

HULLMANDEL

(C.)

49 — Moses. Bred by his Royal Highness the Duke of York, in 1819. En couleur.

Très belle épreuve.

HUNT

(CH.)

50 — Grand Stand, Goodwood, 1838.

Très belle épreuve en couleur.

JONES

(D'après S. J. E)

51 — Partridge Shooting, par Pyall, en couleur.

Très belle épreuve.

JAZET

52 — La Vie d'un gentilhomme en toutes saisons. Hiver, Printemps et Automne. Trois pièces d'après de Montpezat, en couleur.

Très belles épreuves.

KHAN (CARLO) ET GEORGY

53 — Wife and no wife or A trip to the Continent. — The morning after Marriage or A scene on the Continent. Deux pièces en couleur faisant pendants et publiées en 1788.

Très belles épreuves.

MASON

(D'après W.)

40 54 — A Country race Course, with Horses preparing to start. Gravé par Jonkins, en couleur.

Très belle épreuve.

MORLAND

(G.)

19 55 — Evening. En couleur.

Très belle épreuve.

MORLAND

(D'après G.)

105 56 — Partridge Shooting. — Duck Shooting. — Snipe Shooting. — Wood-Cock Shooting. Suite de quatre pièces en couleur, gravées par C. Catton et Dodd.

Très belles épreuves. Rares.

MORLAND

(D'après G.)

57 — Chasses. Suite de quatre pièces en couleur. 40

Très belles épreuves.

58 — The fox in sight. — Entering cover. — The return. Suite de quatre pièces, gravées par J. Wright, en couleur. 18

Très belles épreuves.

59 — The first of september. Morning. — The first of september. Evening. Deux pièces faisant pendants, gravées par W. Ward. 28

Très belles épreuves en couleur.

60 — Intérieurs. Deux pièces faisant pendants, gravées par W. Ward, en couleur. 35

Très belles épreuves.

NEWHOUSE

(D'après C.)

61 — Opposition Coaches at speed. Gravé par F. Rosenberg. 26

Très belle épreuve en couleur.

**

NUSBIEGEL

62 — Jacob Bates, the famous English Horse Rider, avec légende explicative de ses exercices au bas.

Belle épreuve.

PAUL

(D'après T. D.)

63 — A Trip to Melton Mowbray (Un Petit Voyage à Melton Mowbray). Suite de douze pièces en couleur, en forme de frises, représentant les inconvénients des voyages en voitures, chasses, etc., en couleur.

Superbes épreuves. Très rares.

POLLARD

(J.)

64 — Epsom Races. Pièce en couleur, dessinée et gravée par J. Pollard.

Superbe épreuve. Rare.

POLLARD

(D'après J.)

65 — *Epsom.* Saddling in the Warren. — The Betting Post. — Preparing to start. — The

grand Stand. — The Race over, Settling day at Tattersall's. Suite de six pièces, gravées par Hunt, en couleur.

Très belles épreuves.

POLLARD

(D'après J.)

66 — The mail Coach in a drift of Snow. — The mail Coach in a Storm of Snow. — The mail Coach in a flood. — The mail Coach in a thunder Storm on Newmarket heath. Suite de quatre pièces gravées par Reeves, Rosenbourg.

Très belles épreuves en couleur.

67 — *Scenes on the road, or a trip to Epsom and Back.* Hyde park Corner. — The Lord Nelson inn, cheam. — The Cock, at Sutton. — Kennington gate. Suite de quatre pièces, gravées par J. Harris, en couleur.

Superbes épreuves.

68 — La même suite.

Superbes épreuves, toutes marges.

POLLARD

(D'après J.)

69 — Four in hand. — The Edinburgh express. Deux pièces en couleur faisant pendants.

Très belles épreuves.

70 — The Royal mails at the angel inn, is Lington, on the night of his Majesty birll Day. Gravé par Reeve.

Très belle épreuve en couleur. Rare.

71 — The Royal Mails departure from the general Post office, London. Gravé par Reeve, en couleur.

Très belle épreuve.

72 — West Country mails at the Gloucester coffee House, Piccadilly. Gravé par Rosenberg.

Très belle épreuve en couleur. Rare.

73 — The Cambridge telegraph, starting from the White Horse, fetter Lane. Gravé par G. Hunt, en couleur.

Très belle épreuve.

POLLARD

(D'après J.)

74 — Epsom races (here the come). Gravé par Smart et Hunt.

Très belle épreuve en couleur.

75 — Goodwood races, par H. Pyall, en couleur.

Très belle épreuve.

76 — Quicksilver Royal mail. Gravé par C. Hunt.

Très belle épreuve en couleur.

77 — A view on the highgate road. Gravé par Hunt, en couleur.

Très belle épreuve.

78 — St Albans grand Steeple chase. March. 8th 1832. Gravé par G. et C. Hunt, en couleur.

Très belle épreuve.

79 — Easter Hunt. 1824. Gravé par Dubourg, en couleur.

Très belle épreuve.

PORTER

(D'après R. K.)

80 — Loyal Associated Ward and volunteer corps of the city of London. — Loyal Associated and volunteer corps of the city of Westminster. Deux pièces faisant pendants, gravées par M. Place, en couleur.

Très belles épreuves.

RAMBERG

(H.)

81 — Le Marchand d'amours. 1799. En couleur.

Très belle épreuve. Rare.

82 — Le Marché aux esclaves. Grande pièce en largeur. Coloriée par l'artiste.

Très belle épreuve.

ROWLANDSON

(T.)

83 — Vaux-Hall, par R. Pollard.

Très belle épreuve en couleur de la pièce la plus importante du maître et celle donnant le mieux les costumes et physionomies de la société anglaise de cette époque.

ROWLANDSON
(T.

84 — Mr H. Angelo's fencing Academy. Cette pièce, une des plus intéressantes de l'artiste, représente le grand assaut donné dans la salle d'armes d'Angelo, par la chevalière d'Eon de Beaumont et le sergent Léger, soldat aux gardes; elle est gravée à l'eau-forte par le maître et terminée à l'aquatinte par Rosenberg. 160

Très belle épreuve en couleur. Rare.

85 — Box Lobby Loungers, d'après Wigstead. En couleur. 220

Très belle épreuve. Rare.

86 — French travelling or the First stage from Calais. — English travelling or the First stage from Dover. Deux pièces faisant pendants, gravées par Jukes et publiées en 1792. En couleur. 110

Très belles épreuves.

87 — A French family. — An Italian family. Deux pièces faisant pendants, gravées par S. Alken. 200

Très belles épreuves en couleur. Rares.

ROWLANDSON

(T.)

88 — Dressing for a Birthday. 1790. En couleur.

Très belle épreuve.

89 — Four o'clock in town. — Four o'clock in the country. Deux pièces faisant pendants.

Très belles épreuves en couleur.

90 — Different sensations. Waiting for dinner. — At dinner. — After dinner. — Preparing for supper. Suite de quatre pièces gravées par J. Alken et imprimées sur une même feuille, en couleur.

Très belles épreuves.

91 — Transplanting of teeth. 1787. En couleur.

Très belle épreuve.

92 — The Breakfast. 1789. En couleur.

Très belle épreuve.

93 — A Care Race. 1788. En couleur.

Très belle épreuve.

ROWLANDSON

(T.)

94 — Le Passage de la diligence. 1786. En couleur.

Très belle épreuve.

95 — The Refreshment. 1788. En couleur.

Très belle épreuve.

96 — The Disappointed epicures. 1787. En couleur.

Très belle épreuve.

97 — Tithe pig. 1790. En couleur.

Très belle épreuve.

98 — College jockies, The Landlord sweating for his cattle. En couleur.

Très belle épreuve.

99 — Rigging out a smuggler. 1810. — A cake in danger. Deux pièces en couleur.

Belles épreuves.

ROWLANDSON

(T.)

100 — Amputation. 1793. En couleur.

Très belle épreuve.

101 — A Sale of English-Beauties, in the East-Indies. Grande pièce in-fol. en couleur.

Très belle épreuve. Rare.

101 bis Chasse à la grenouille

SARTORIOUS

(D'après)

102 — Diamond, cheval célèbre ayant gagné les premiers prix en 1798, gravé par Whessel.

Très belle épreuve en couleur. Rare.

SHAYER

(D'après W. J.)

103 — The Duke of Beaufort Coach starting from the Bulland Mouth, Regent's Circus. Picadilly, gravé par Ch. Hunt, en couleur.

Très belle épreuve.

SMITH

(D'après J.)

104 — Bridling, Sadling, Breaking. — Finish'd Horses. Deux pièces faisant pendants, gravées par W. Elliot.

Belles épreuves.

STUBBS

(D'après G.)

105 — Eclipse. The Property of Denes O'Kelly Esqr, gravé en couleur, par Burke.

Superbe épreuve. Très rare.

TOWNE

(D'après CH.)

106 — Newton races, gravé par Ch. Hunt.

Très belle épreuve en couleur.

VERNET

(CARLE)

107 — Les Chasses du duc de Berry. Suite de quatre pièces.

Très belles épreuves rehaussées de blanc.

VERNET

(D'après C.)

108 — Grand départ de chasse, gravé par Coqueret.

Superbe épreuve avant toute lettre.

109 — La même estampe.

Très belle épreuve.

110 — Le Départ pour la chasse, gravé par Coqueret.

Superbe épreuve avant la lettre, toute marge.

111 — Jeune Femme à cheval, en costume d'amazone, suivie d'un cavalier, fait franchir un obstacle par son cheval, gravé par Coqueret.

Superbe épreuve avant la lettre, marge.

112 — La Chasse au renard. Suite de six pièces gravées en couleur par Levachez.

Superbes épreuves.

113 — Courses de traîneaux. — Course de chars romains. Deux pièces faisant pendants, gravées par Gros, en couleur.

Très belles épreuves, dont une avant toute lettre.

VERNET

(D'après (C.)

114 — Préparatifs d'une course. — La Course. Deux pièces faisant pendants, gravées par Jazet, en couleur.

Très belles épreuves.

115 — Le Départ, gravé par Jazet, en couleur.

Très belle épreuve.

116 — L'Entrée de l'Écurie, gravé par Jazet.

Très belle épreuve.

117 — Cheval sortant de l'écurie, gravé par Coqueret, en couleur.

Très belle épreuve.

118 — Cheval préparé pour la chasse. — Retour de la chasse à la bécassine après l'orage. — Deux pièces faisant pendants, gravées par Coqueret, en couleur.

Très belles épreuves.

119 — Cheval pansé à l'anglaise, gravé en couleur par Coqueret.

Très belle épreuve.

VERNET

(D'après C.)

120 — Fin d'une chasse, gravé par Coqueret.

Très belle épreuve avant toute lettre. Rare.

121 — La Danse des chiens, par Levachez fils, en couleur.

Très belle épreuve, sans marge.

122 — Le Marchand de chevaux normands, gravé par Charon, en couleur.

Très belle épreuve. Rare.

123 — Chasse au canard. — L'Hallali. Deux pièces faisant pendants, gravées par S. W. Reynolds.

Très belles épreuves avant la lettre.

WESSEL

(J.)

124 — *Meteora.* Cheval de course célèbre. 1800. En couleur.

Très belle épreuve. Rare.

WILLIAMSON
(THOMAS)

125 — Oriental field sports; being a complete detailed, and accurate description of the wild sports of the east; and exhibiting, in a novel and intersting manner, the Rhinocéros, the Tiger..... The whole interspersed with a variety of original, Authentic, and curious anecdotes..... The narrative is divided into forty Heads, forming collectively a complete work, but so arranged that each part is a detail of one of the forty coloured engravings with which the publication is embellished. The whole taken from the manuscript and desings of captain Thomas Williamson..... London, 1819. 1 vol. in-fol. obl., demi-rel., fig. en couleur.

Très bel exemplaire de ce livre rare.

WOLSTENHOLME
(D'après D.)

126 — Morning,—Noon,—Afternoon,—Night. Suite de quatre pièces en couleur, gravées par Jeakes et Clarke.

Très belles épreuves.

WOLSTENHOLME

(D'après D.)

127 — *Hunting*. Going out. — Breaking Cover. — Running. — The death. Suite de quatre pièces en couleur gravées par Sutherland.

Très belles épreuves.

128 — Fox hunting. Suite de quatre pièces, gravées par Reeve.

Très belles épreuves en couleur. Rares.

129 — Drawing Cover, gravé par D. Volstenholme jeune. En couleur.

Très belle épreuve.

WOODWARD

130 — Reading a Will. En couleur.

Très belle épreuve.

ANONYMES

131 — The consequences of being drove by a gentleman. — The Comforts of being drove

like a gentleman. Deux pièces en couleur faisant pendants.

Très belles épreuves.

ANONYMES

132 — La Course. Composition en forme d'éventail; dans le fond, la vue d'un château. En couleur. 35

Très belle épreuve avant toute lettre.

133 — French diligence. — Changing Horses. Deux pièces en couleur faisant pendants. 30

Très belles épreuves.

134 — Halte de chasseurs. En couleur. 19

Très belle épreuve.

135 — Westminster pit. — Bull Broke Loose. Deux pièces en couleur faisant pendants. 60

Très belles épreuves.

TABLEAUX ET DESSINS

ANONYMES

136 — *Courses*. Le Départ. — L'Arrivée.

Deux peintures sur toile faisant pendants.

Haut., 63 cent.; larg., 63 cent.

137 — La Barrière franchie.

Toile. Haut., 30 cent.; larg., 42 cent.

ANONYME

138 — La Chasse. — La Pêche.

Deux compositions faisant pendants.
A la plume et lavis d'aquarelle.

DREUX

(A. DE)

139 — Cheval avec son jockey, courant.

Aquarelle. Signée.

HERRING

140 — Le Rendez-vous de chasse. 45

Toile. Haut., 44 cent.; larg., 75 cent.

LUNA

(CH. DE)

141 — Cheval à l'écurie. 15

Aquarelle. Signée et datée 1850.

141 bis Dessin attr. à Rowlandson 7

Total
12204

www.ingramcontent.com/pod-product-compliance
Ingram Content Group UK Ltd.
Pitfield, Milton Keynes, MK11 3LW, UK
UKHW021039180726
13838UKWH00004B/1903

9 782329 445793